わ音の風景

やまうちかずじ

思潮社

目次

装幀＝思潮社装幀室

I

逢坂

でんしゃが河をわたり、高層ビルがちかくなったとき、ケータイがなった。シートを立って、デッキにむかう。でんわは、まえに逢ったことのあるおとこからのはずだが、走行音でなまえはきこえない。えきで待つといって切れた。着信履歴にばんごうがひかる。

かつて難波潟に突き出した陸地であったその地は、飛鳥時代に難波の宮がおかれ、古代から瀬戸内海、大阪湾に面した港湾都市として栄えた。中世には石山本願寺の寺内町として、また近世初期には大阪城の城下町として、江戸時代には江戸をしのぐ経済、交通、金融、商業の中心として発展し、天下の台所と呼ばれた。

本町で地下鉄を乗り継ぐ。薄暗いホームにまばらな人。プラスチックのベンチに腰をかけると、ほどなくゴーッというおととともにひかりがさし、でんしゃが入ってきた。目的の駅ででんしゃを降り、小用をたし、改札口に出るとおとこが待っていた。彼は、あごをしゃくるようなしぐさをして冥界の出口にむかう。錆びと油の臭いのするこの街に暮らし、定年を迎えたいま再就職先を探しているという。

新装まもないギャラリーきっさ。モネの絵の詩をかいた神戸のじょせい。マンションから見あげるそらに廓のおんなのおもいを重ねる八十よわいの元院長夫人。富士登山のつえを擬人化してかいた後期高齢よびぐんのだんせい。おもいついた感想ですがとまえおきして話す白いパンツのじょせい。おとこの咆哮を詩集にあんだかんれきの求職者。交わす批評。コーヒーカップのすれあうおと。

田村隆一をけいあいする東京そだちの赤毛のごふじん。故郷奄美が登場する短編をかいた、おおさか在住のだんせい。鏡の中、新しいジーンズすがたの自分をたしかめる小柄なギャル。友人と朝までのんでいてかけつけた白髪まじりのチューター。流産のこころのいたみをかいたスカートのじょせい。そして擬音を使ったさくひんを載せたこの店のマスター。はじける、音質の違うコトバ。

たそがれせまるころ、でんしゃのじかんがきたと、挨拶もそこそこに席を立つと、それではわたしもと、人世の停車場にむかい、みなそぞろに帰りだす。

これやこの　行くも帰るも　別れては　知るも知らぬも逢坂の関*1

地下鉄のむこう岸で一人、二つ目のえきでさらに二人と別れる。
たにまちよんちょうめ。相棒はここから乗り換えようという。オレのおもいとは違うが、ままよ、これも逢った縁《えにし》だ。

小包

私が少年時代にみたことのあるそれは、黄土色の厚紙で包まれ、十文字に掛けられた麻紐に白い荷札がつけられ、いかにも遠くに旅をするといった風情で、太い文字で書かれた宛名の左上には、寺院を図案化した茶色や緑色の切手、桜をあしらったピンクの切手が貼られていた。

この間申し込んだ
幸せの小包が
家に届いた

「これがぼくたちのさがしていた青い鳥なんだ！　あんなに遠くまでさがしにいったのに、ここにいたんだ！」[*2]

私はやってきた幸せに
お金を払い
それを受け取った

幸せの箱をあける

マトリョーシカと呼ばれる女の子の図柄をデザインしたロシアの人形は、胴体が上下に分割できるようになっている。中には同じように分割できる少し小さい人形が入れ子構造になって入っていて、六重以上の入れ子である場合が多い。

みると

もっと幸せになるには
月ぎめで
申し込むといいとあった

「穴を掘って、その中に金貨を入れ、水をかけておくのさ。夜の間に、金貨は芽を出して、よくちょう、行ってみると、金貨がたわわに生っているんだぜ。四枚の金貨を埋めたら、二千五百枚の金貨が。」と狐が言いました。ピノッキオは四枚の金貨をそこにいれ泉に行き、靴に水を汲んで、土にまいてやりました。*3

私は
小包の中をのぞき込み

もっと幸せになろうか
このままでいようか
ちょっと
考えた

過ぎゆく春、時

ユー・マスト・ビリーブ・イン・スプリング　ビル・
　エバンスの軽快なジャズピアノが聴こえている

壁にかけたカレンダーが　風にめくれ　花びらが舞い込
　んできた
桜の季節は終わりを迎え　遠く雪を抱いた山脈が光る

たかがひとりぶんの人生の時間なぞ、われわれにとっ
　てなにほどでありましょうか！　まったく、とるに足
　りないではありませんか！[*4]

詩の手帳を開き　日記ともつかぬ詩を書きはじめる
過ごしてきた人生の日々　我が家を通り過ぎたいくつも

の春

ただ、一さいは過ぎて行きます。自分がいままで阿鼻叫喚で生きて来た所謂「人間」の世界に於いて、たった一つ、真理らしく思われたのは、それだけでした。[*5]

初めての登園日　バスから逃げ出した長男
次男の入学式　息子より得意顔の私たち

山ざくら　をしむ心のいくたびか　散る木のもとに
行きかへるらん[*6]

この春　家を離れていった下の息子

妻は子犬を飼いはじめ　私は一人眼鏡をかけ机に向かう

桜前線は、現在、東北地方を北上中。今月下旬には津
軽海峡を越え北海道に達するものとみられます。

たまいし

古代において、巨木や巨石などは、神や精霊、魂の宿る依り代として崇められてきた。玉石への信仰も、これらの自然崇拝を原点に、はじまったと考えられる。

樹齢三千年の神代杉　降りそそぐ雨　打つ拍手《かしわで》

たにがわをくだった岩が
あっちにぶつかり
こっちにぶつかり
そうするうちに
角がとれて
まるくな
る

玉石とは、まるみを帯びた見た目に美しい小石のことで、大きさが十五〜三十センチメートル程度の天然石材をさす。玉石は「ぎょくせき」または「たまいし」と読む。

わたしは人生の川をくだる
えらそうな口をきくなと頭をこづかれ
こうまんちきだと鼻をへし折られ
もっと腰をまげろと背中をたたかれる

河原のまるくなった石よ
きみがこんなめにあってまるくなったなんて
考えたこともなかった

玉石信仰が名前の由来になったという玉置神社は奈良県吉野郡にある。その杉木立に囲まれた参道を登ると、三本の杉の木の根元に、ご神体である白い玉砂利が敷き詰められた玉石社に着く。神武天皇東遷の際、八咫烏《やたがらす》に先導された天皇と兵が休息をとり、勝利を祈願して神宝を奉納《おさ》めたと伝承されている。

熊野なる玉置の宮の弓神楽　弦音《つるおと》すれば悪魔退く*7

たましいはあっちにぶつかり
こっちにぶつかり
まっさかさま

黄泉への川を
くだって
ゆく

嗚呼　人よ
わたしは　今　人世の対岸《きしべ》に立ち
そっと　転がる石を着る

Ⅱ

新田塚

遠く近く鐘の音が響き始め、年の終わりと初めをつなぐ。歌合戦のフィナーレを後に、妻と二人、防寒着で身支度し、車で神の社に向かう。

明暦二年（一六五六年）、越前国燈明寺畷で偶然に掘りだされた兜が、この地で討ち死にした新田義貞のものと鑑定され、万治三年（一六六〇年）、藩主松平光通公により「暦応元年閏七月二日　新田義貞戦死此所」と刻んだ石碑が建てられた。

篝火に映える人の列、闇に浮かぶ御社、待つ間もなく上がる歓声。年が明けた。

元弘三年（一三三三年）五月八日、新田義貞は後醍醐天皇の呼びかけに応え鎌倉幕府討伐のため挙兵した。化粧坂、極楽寺坂からの突破が困難と判断した義貞は引潮に乗じ稲村ケ崎から攻め入り、挙兵からわずか十五日で討幕を成し遂げた。

人の列に並びそろそろと歩む。ようやく私達。さて、願い事は……。去年は、妻の入院があったが術後の経過も良好。父や母も耳は遠くなったものの、すこぶる健康。

鎌倉攻めの功により従四位上に叙位された義貞は、湊川の戦いの後、北陸の地で再起を図る。攻めては引く戦の日々、数騎の部下を従え偵察に訪れたこの地で戦闘となり、流れ矢に当たって亡くなったという。新妻勾当内侍を都に残し、逆賊征伐の旅の途中であった。

はかなきは人の世の営み、悲運は涙さそいて、胸をうつ[*8]

揺り鳴らす鈴の音、夜空に抜け。
祭神に向かい祈りと感謝
二礼し、手を二つ、打ち鳴らす。

はじける火の粉の瞬き、精霊の影がよぎった。

鐘の音

里山は緑をまし
風は藤の花をゆらす
校庭から聞こえる　かけ声とノックの音
――深夜のアルゼンチン、ブエノスアイレス。大聖堂近
　くの交差点で信号が黄色に変わった。

連休はどこも混雑
ながれるテレビのニュース

仕事からはなれ　なにからも拘束されぬ
ひととき
ただ時間だけがすぎてゆく

――ニュージーランド北島コロマンデル半島沖。砂の上
でじっとしていた帆立貝が急に泳ぎはじめた。

帰省した息子たち
ひとりはまだ起きてこず
もうひとりは寝そべってビデオを観ている
母と妻は買い物に行ったのか
階下は静かだ

――午前六時三十分、チュニスに向かっていたエジプト
航空八四三便が、豪雨の中、着陸に失敗し、墜落炎
上、乗員乗客十四人が死亡した。

なにもしなくていい午後
教会の鐘が鳴りはじめた

想い

琥珀は、木の樹脂が地中に埋没し、長い年月を経て固化したもので、宝石として珍重される。あめ色のそれには、樹脂に捕捉された昆虫が混入していることがある。

黄金《こがね》色の琥珀に取り込まれた私の十代は
今もあの机の抽斗《ひきだし》の隅にころがっているのだろうか

ここにモノクロームの写真がある。それは神社の境内で撮った集合写真で、学生服やセーラー服姿の男女、四十五名が、石段のところに座り或いは立って写っている。学生服の男がひとり、狛犬の台からこちらを見ている。

自転車で通った道
なつかしくよみがえる　紅い花

カンナは、熱帯アメリカを中心に九種~五十種が分布する。花を毎年咲かせる多年草で、地下に根茎（球根）をつくる。花言葉は「情熱」または「妄想」。

カモメが鳴く方向に目をやると
飛行機雲が西に向かって伸びていた

「バルド・トェドル」[*9]はチベットで死者が出たとき、その枕元で唱える経典で、その読誦は、死の直後からはじめられ、その後七日ごとに七回、四十九日間、断続的に行われる。

その日　蒼い大気の片隅で
紫色にくくられた過去が　そっと芽を出していた

アンダルシアのひまわりは今年も黄色くあの丘一面を
染めるのだろうか

結婚記念日

ほんと　よう続いた
いまではあの子らも　大人になって

――刈り終えた稲田　そよぐ川岸の萱　水底の月が潤んだ

「あの日、僕は羽織袴で、おまえが来るのを待ってたんや」
「わたしは赤い打掛。たくさんの人が見に来てくれて、タクシーを降りたのはだいぶ先やった」

――青空に咲くコスモス　風にはためく　旅の日めくり

衣桁《いこう》を手に赤い幕をくぐる仲人
玄関で割れる茶碗の音
仏壇に手を合わせる

――嵐の過ぎた水辺　翼《はね》を休める二羽のカルガモ　世界
　のときが止まった

白無垢姿のおまえ
交わした三々九度

「やっぱ、重かった。義父《とう》さんから渡された赤い傘」

――虹色の空の境界　降りはじめた　あたたかい雨

「キャンドルサービスのとき、おまえもう泣いてたやろ」

「なんかようわからん。パパかって見送りのときに涙目やったが」

「新郎のあいさつがすんで、ほっとしたからや」

――夢の底　鳴りひびく鐘の音

きょうもいい天気
式のビデオはもう見ない

――階下《した》から「ごはんできたよ」の声が響く

世界のガランとした真昼どき　わたしは独り

浮燈台

筋道を立てて考え、的確に表現できるようになりました。自分の考えを素直に表現しようとする姿勢がすばらしいと思います。

先生の言いつけを忘れ、危ない雪道を帰って見つかった。翌日、教室の後ろに立たされ、涙とともに瓦解した優等生の肩書き。

口癖はいつも「勉強」「勉強」だったわね。覚えている？

扁桃腺の手術で入院した母を見舞った中学生の私。牛乳瓶に水を汲み、コスモスの花を挿した。

せっかく進学校に入ったのに、医者の娘に恋をしたのが、命取りだった。こんな点数ではとうてい志望校には入れない。

里芋の葉をころがった露が、ふわりと飛んで、あたたかい大地に落ちた。

入社式のとき、親も出席する会社だとは思わなかった。不況の中、入った社員はたったの三人。

休日の三里浜。職場の仲間と一緒に食べたバーベキュー。潮風の中で煙が目にしみた。

見合いのデート二日目。「俺のところへ（嫁に）来てくれるか」「……はい」の返事は涙声に聞こえた。

業務のエミちゃんがひき逃げしてつかまったんやと。怖くなって逃げてしまったらしい。

夏の団交が終わり、組合事務所で教宣のガリを切っていたとき、電話が鳴った。長男が生まれたと、母からの知らせだった。

掛けてあった布をはずすと白髪のきれいな祖母の顔があった。一緒に過ごした子供の頃を思い出し、声を上げて哭《な》いた。

暗い海のはるか遠く、繰り返す霧笛が聞こえた。潮風にあおられた飛沫が、私の頬を濡らした。

Ⅲ

こわい夢

こわい夢だった。すがたの見えぬ何かに追いかけられる夢。

めざめて　ふと
みあげる星のてんじょう　とおく
耳にとどろく　波のひめい
きみが
いなくなって一週間
すがたを　追い　ないたかなしみ
が
いまは
身をまるくして　ねむる

踏切のシグナルが鳴りやまなかった。電車はとうに行
ってしまったというのに。

あかい
らんぷの　てんめつ
扉のむこうに　いきかうこえ
こばみつづけた　むきしつな　野辺のベッド
に
よこたわる　生死のそよぎ

猫が　そっと　たちあがり
消えていった
がけの

端を
　松林をぬけると月光に照らされた海が広がっていた。
　波が打ち寄せる岩場に鳥居が見えた。

管につながれ　あしたさえ　読めぬ身の
こんやは　夢にとべたのだろうか
ただよい　おもう
よぞらに
いま
わたしの修羅が　しずかに
しらみはじめて
いた

迎えの月

うらにわで　なのはなばたけをゆらす　彼岸からの風
白しょうぞくをまとい　よこたわる義父《ちち》
こくうに　珠をつかんでいる

千々に　ふりそそぐ桜の花びら　一ばん札所にむかう
旅びとの列

むすめの花嫁箪笥　かけた布広げ　見せた笑顔
腕一本　育てあげた　むすめ　ふたり
授かった　五人の孫とふたりのひ孫
ふしくれだった手　木とともに
生きてきた　七十余ねん

村や　おみどうの
障子やふすま
太鼓のわく
までも
この手
の技
と

山かぜにさくら吹きまきみだれなむ　花のまぎれに君とまるべく*10

これから　むかうさきは　どこ
先立った　兄のもとへか

じんせいの終わるいま
迎えの満月が
しずかに
昇って
きた

長い刻《とき》

いどうしきベッドによこたわり
エレベーターにきえた母
よていの時間をすぎても
もどってこない

秋の日は　山の端ちかし　暮れぬ間に　母に見えな
む　歩めあが駒[*11]

ろうかをいきかう　患者と　かんごし
まちあいのいすにじっとすわる　妻とわたし

折れた脊椎のすきまに針を刺し、薬剤を注入します。
近くには神経や血管が走っており、

処置に万全を尽くしますが、
一応、承諾書にサインをお願いします。

散歩中にころんだ　みほのたましい
整骨院と整形外科に　かよった三週間
いたみはとれず
よぎる　ねたきりの不安
妻の知人のしょうかい
四時間かけてやってきた福知山　京都R病院

　大江山　いく野の道の　遠ければ　まだふみもみず
　天の橋立[*12]

近づいてくる　車いすやストレッチャー
きしんだ音に　なんども顔をあげる

ろうかの角をまがってきたベッド
あっ　母《おふくろ》
おいっ　と妻のひざをつつき
ふたりかけ寄る

わたしたちに気づいた母　返すひまわりの笑み
「よかったー」と妻の涙声

雨の上がった山峡《やまかい》の街　そっと虹がかかった

貝を拾って

早朝
つまの「鼻血がとまらん」
のこえで　めざめた私
おさえてもおさえても　とまらぬ血
かえてもかえても
あかい血を吸いつづけるティッシュ
ふるえる足で　かいだんをおり　たすけをよんだ

妹がため　貝を拾ふと血沼《ちぬ》の海に　ぬれにし袖は　ほせど干《かわ》かず*13

ははがでんわし
病院へ　走らせるくるま

生死のきり岸　つきそう　長男
「おい　死ぬな」
ハンドルをにぎり
うしろに向かい　叫ぶわたし

灯台への道を必死に登っていた。ポケットから貝がこ
ぼれているのも知らず

たどりついた　びょういん
くらくしずかな　待合室
やがてあかりがともる　しんさつしつ
むかえに出た宿直のけんしゅう医
あずけるいのち

むすことふたり
座るソファー
刻むたましい
ろうかにともる　でんとう
のまわり
飛ぶ　虫いっぴき

難波潟　潮干《しおひ》なありそね　沈みにし　妹が姿を　見まく苦しも＊14

びこうに止血をして　出てきた　妹《つま》
つかれ波《は》て　あおじろくなった顔に

ほっと　ともった　微笑《え》み

いま　れいめいの空に　まるいいのちが　そっと　の

ぼってきた

花雨《フラワーシャワー》

長城をゆらした涙は先祖の血の業か。つたが風に揺れている。ときめき輝く平らな湖面に、逡巡の思いがとまる。

セピア色の道が続いていた。遊びながらついてくる幼い息子。田んぼの際の小川をのぞき込んでいる。「あっ、おさかな！」駆け寄る私たち二人。

高台の教会。天窓から光が射している。人生の赤い絨毯を歩みはじめたタキシードの息子とウエディングドレスの花嫁。

学校の帰り道、詰襟を着た息子が後輩らしき女学生と歩いている。

チャペルに集まった、会社の上司や同僚、学生時代の友人、親戚縁者。人々の前で永遠の契りを読み上げる二人。

我れはもや、安《やす》見《み》児《こ》得たり、皆人《みなひと》の、得かてにすとふ、
安見児得たり*15

戀々而《こいこいて》　相有時谷《あえるときだに》　愛寸《うるはしき》　事盡手四《ことつくしてよ》　長常念者《ながくとおもわば》*16

フラワーシャワーの中をくぐる笑顔。
「優しい息子さんですね」とほめてくれた花嫁の父。
「自分で何でも決める、しっかりした娘よ」と、話す

花嫁の母。

たおやかな葉を聞いている。見えなくなった鐘の音に、心の目を細めて。

今はただ、じっと空を渡っているだけ。黒留袖の妻と燕尾服の私。伊吹山の風を受け、ヒグラシの声が背中にしみた。

Ⅳ

家の記憶

「築後五年の中古物件を見つけてきたのはお父さんよ」
「この家が文殊山のこぶと足羽山の博物館の重なる場所にあると気づいたのは僕だ」
「わたしも嫁に行くまで、五年は過ごしたわ」
「わたしが花嫁姿でこの家に来たときは大勢の人の歓迎を受けたのを覚えている」

——窓枠に響くバイオリンの旋律　フォーレの「夢のあとに」

「U司が幼稚園のバスから逃げ出した話はなんべん思い出しても傑作やわ」
「僕は小さかったK司が小学校にあがったときが、一番うれしかったな」

「今になると、子供たちの背丈を刻んだ台所の柱も懐かしい思い出ね」

――私がこの世でいちばん好きな場所は台所だと思う。*17

「背中の手術で病院に向かう日、もううちに帰ってこられんかと思てたんや」

「わたしも内視鏡の手術で一ヶ月入院したときは早く家に帰りたかったわ」

「あん時、猫のさくらが、なんども台所に降りてお前を探すんで、よわったな」

――雨の降る五十鈴川にかかる宇治橋の向こうに神々しい森が続いていた。

「あの台風のときはほんとに怖かった。雨がたたきつけ、ゆれる部屋の中で子供たちの肩を抱いて夜を明かしたわ」

「あの朝の地震も怖かったな。子供たちも驚いて目が覚め、僕らのところにやってきた」

――霧のかかった朝の沼池。空気を震わせ、咲いた睡蓮の花。露があたりに勢いよく飛んだ。

「お父さんが間違っていると言うんなら、お前らこの家を出て行け」

「そんなこと言ったって。ぼくらどこへもいかれんし」

「……お父さんは分かったって……。わたしも義母の言動を受け入れるのに時間がかかったわ」

――庭の木々が風にゆれ、天井裏で、ボソッ、とほこりが舞い上がった。

「さくらが屋根裏に迷い込んで、ニャアニャア鳴いたときは、正直驚いたな」

かやぶき家の記憶

「石段を上がると玄関は土間で、正面に囲炉裏のある広い板の間、脇に馬小屋があった」

「天井が高かったから、よく板の間で、バドミントンをやったわ」

「よう歩いたもんや昔は。ここからみるとけっこうあるわ」

「子供の足で一時間はかかったのー、電車の駅から田舎のうちまで」

「村の小学校が見えてくると、もうすぐやと思た」


——黄泉駅のプラットホーム　天空から降りしきるサクラの花びら

「おばあちゃんが囲炉裏で焼いてくれたとうもろこしは、うまかった」
「わたしは、あんたらがお腹をこわすかと思て、はらはらしてたんや」
「家の北側は竹やぶで、ミンミンゼミが鳴いていた」
「西側の庭には、たしか大きな池があって、赤や黄色の鯉が泳いでいた」

――光まぶしい精霊の河　澄んだ水がころころと魂石《たまいし》を洗う

「台所の後ろの納屋を抜けると、蔵への通路で、戸はL字型の鍵で開けたんや」

「あのうちの大黒柱は、大人でもかかえきれんくらいの太さやった」

「おふろは大きな桶の形をして、明かりは小さなナツメ球だけ。とても暗かった」

「伯母ちゃんによると、僕がどろんこ風呂って呼んでたらしい」

――線路沿いの村の墓地　常世から飛来した赤蜻蛉が
群れをなして巡る

「僕ら家族は一番奥の座敷に泊まらせてもらったけど、町とちごて、ほんと静かやった」
「蚊帳《かや》の中で寝るのが初めてのわたしらは、面白がって、何度も出たり入ったりしたわ」
「わたしはおばあちゃんが、お灯明をつけ南無阿弥陀仏《なんまんだぶ》ってお参りしている後姿を覚えている」
「そや、金ぴかのおっきい仏壇やった」

――寒月照らす越前三国港　今宵も立寄った幻　北前船　帆柱に鬼火が灯った

追想

「ここにくると、なんか街が小さく感じられるな」

「いいや、あんたが大きくなったんや」

「おぼえてるー。庭にいちじくの木があったのを」

「ああ、おぼえてるって。透明であんだけあまいのは、どこさがしてもないわ」

——廃屋にかかる木札「昭和二十八年―昭和五十三年　F市岩堀町二十九」

「あの頃は、ごはんも、おふろも、まきで炊いていたの、知ってたか」

「知ってるって、ぼくがふろたきの係りやったんや」

「おふろのまるいそこ板を沈めるのはいつもおにいちゃんやった」

——中有の庭　ひときわ高く伸びたヒメジョオンが懐かしげに葉をふるわせる

「犬のタロもいて、いっしょに遊んだね」

「ああ、すて犬をみつけ、飼いたいってゆうたらおこられ、あとからおやじが買ってきてくれた柴犬」

「さいごは病気やった。えんと思てさがしたら、となりのそうこの床下でみつかって」

「夜、おやじがタロの死骸をそとにはこびだしたとき、ぼくはこわくて寝たふりをしていたんや」

——新世代第三紀の地層の上部で　アスファルトのすき
　まにしみた雨が岩を青く濡らした

「ぼくが小学校四年の頃やったたな、前半分を建てなおしたのは」
「なんでうちだけ二階がないいんやって、あんたが泣いて帰ってきたからや」
「借金やで、いっぺんに内装まではできなんだ」
「はじめは荒壁だけやった、ぼくの部屋は」
「そや、わたしはずっとおねえちゃんといっしょで、自分の部屋をちゃんとしてもろたのは、高校にあがった頃やったわ」

「玄関のすみに、おおきなサンゴジュがあったな」
「いつも夏んなると赤いみをつけたわ」
「クリスマスイブに、おやじが、買ってきたプレゼント
を隠しておいたのもあの樹の下や」

——時世のすきまから　もれ聞こえてくるオルゴールの
音　シューマンの「トロイメライ」

K町の思い出

「お正月は、よくK町のお母さんの実家へ行ったね」
「家から歩いて十分ぐらいやった」

――アスファルトの下、入り口付近の土に干からびた朝顔の種がみつかった。

「小さな居間に、おじいちゃんとおばあちゃん。おじちゃん夫婦。そしてわたしら五人。にぎやかやった」
「そや、ぼくはそんとき初めてチーズを食べたんや。石鹸みたいやぞと言われ、おそるおそる口に入れたのをおぼえている」

――敷地左に、コンクリートの通路跡が確認された。

「おじいちゃんは大工の棟梁やったから、裏の倉庫が木の香りでいっぱいやった」

「庭には小さな池があって金魚が泳いでいた」

「ぼくは猫よけの金網が張ってあったのをおぼえている」

――砂の中に木屑らしきものが混じっている。ここには製材所か何かがあったのだろう。

「よちよちあるきのN子が、あの電車道をひとりで渡ったって聞いたときはびっくりしたな」

「そや、おばあちゃんが目を離したすきに、わたしの後を追ってきたんや」
「確か、お母さんが電気屋の二階へ編み物を習いに行ってたときやったな」

——見てみろよ。ここの黒くなった土。これが昭和二十三年六月二十八日。福井大震災のときのもの。泥と焼けこげた木片が入っている。

「いなかのおじいちゃんが亡くなったとき、中学生のあんたひとり、泊めてもろたことがあったな」
「あんとき、僕はおばちゃんに悪いことしたと思うてるんや。すすめられた風呂に入らんと、汚い足で寝てしもうて」

――黒い土の層はここにもある。これが昭和二十年七月十九日の空襲のとき。いまも焼夷弾の油の臭いが残る。

（駆け抜ける子供。背中には「犬の天使」のリュック）

注釈

＊1　蟬丸の詠んだ和歌。逢坂の関は、山城国と近江国の国境となっていた関所で、現在の滋賀県大津市逢坂二丁目付近。
＊2　ベルギーの劇作家、詩人。モーリス・メーテルリンク『青い鳥』（末永氷海子訳）より引用。
＊3　イタリアの作家。カルロ・コッローディ『ピノッキオの冒険』（柏熊達生訳）より抜粋し引用。
＊4　ドイツの作家。ミヒャエル・エンデ『モモ』（大島かおり訳）より引用。
＊5　太宰治『人間失格』より引用。
＊6　『千載集』より周防内侍の詠める歌。
＊7　玉置神社の例大祭に奉納される「弓神楽」の歌詞。
＊8　古代ローマの詩人ウェルギリウスの叙事詩『アエネイス』の中の詩句。中務哲郎・大西英文著『ギリシア人・ローマ人のことば』より引用。
＊9　『チベット死者の書』に出てくる経典の一つ。日本でいう枕経にあたる。

＊10　『古今和歌集』より僧正遍照の詠める歌。できるなら帰る道がわからなくなるほど桜の花びらが散り敷いてくれるといい、あなたがここにずっと居てくれるように。

＊11　『句題和歌』より大江千里の詠める歌。

＊12　『金葉和歌集』第九巻五百五十より小式部内侍の詠める歌。

＊13　『万葉集』第七巻千百四十五より。作者不詳。家で待つ妻への土産に血沼の海岸で貝を拾っていると、望郷の念で、袖が乾かないほど泣けてきた。この歌にある血沼の海は大阪湾の古称。茅の海。神武天皇が東征の際、皇兄五瀬命《いつせのみこと》が矢傷を洗った故事に基づく。

＊14　『万葉集』第二巻二百二十九より河辺宮人の詠める歌。難波潟よ、引き潮が来ないでおくれ。水底に沈んだ娘子の姿を見るのは苦しいから。

＊15　『万葉集』第二巻九十五より藤原鎌足の詠める歌。私は今まさに、美しい安見児《やすみこ》を娶ったぞ。誰も容易に我が物にできない、あの安見児を手に入れたぞ。

＊16　『万葉集』第四巻六百六十一より坂上郎女《さかのうえのいらつめ》が、次女を嫁がせるにあたり、娘婿に贈った歌。「恋ひ恋ひて　逢へる時だに愛《うるは》しき　言尽くしてよ　長くと思はば」。こんなに恋しく思っていて、やっと逢えたときぐらい優しいこと言ってくださいね、この恋を少しでも長く続けたいと思うのなら。

＊17　よしもとばなな『キッチン』より引用。

あとがき

これは、ひとがたのかごにほそくされたあるひしょうたいのきおくの風景です。ことのはのちからをかりてとびたち、このかりのよのいまをおどろきながめたそのまぎれもないあかしです。とおりすぎていったはざまのむこう、ただよいゆく、ひととひとのであいと、ひびのいとなみ、おもいもよらぬふかしぎ、いまだわすれえぬよしなしごと、いまとなってはとおく、とどかぬできごと、ときをこえ、くりかえされるよろこびとかなしみが、わの調べとなってひびきあい、かなでられ、ひとつずつしろいかみのうへにまいおりました。

この詩集『わ音の風景』は、わたしのはじめての詩集です。詩人の川上明日夫さまとのであいがなければ、このように詩とむきあうこともなく、こうして、しゅっぱんすることはなかったでしょう。おちからぞえと、はげましにふかくかんしゃいたします。また、このたびの詩集をへんさんいただきました思潮社社主の小田久郎さま、編集部の藤井一乃さま、遠藤みどりさま、そうていでは和泉紗理さまに、ひとかたならぬおせわになりました。こころから、かんしゃもうしあげます。ありがとうございました。

やまうちかずじ

二〇一四年　仲秋

初出

Ⅰ

逢坂　『年刊詩集ふくい一〇』　二〇一〇年十月三十日

小包　詩誌「木立ち」冬　一〇八号　二〇一〇年十二月二十五日

過ぎゆく春、時　詩誌「風箋」三号　二〇一一年五月

たまいし　詩誌「木立ち」秋　一〇七号　二〇一〇年九月十五日

Ⅱ

新田塚　福井新聞「新春文芸」入選　二〇一一年一月一日

鐘の音　福井新聞「新春文芸」入選　二〇一三年一月一日

想い　『アンソロジー 山吹文庫』　二〇一二年五月二十日

結婚記念日　福井新聞「新春文芸」入選　二〇一四年一月一日

浮燈台　詩誌「木立ち」春　一一五号　二〇一三年四月一日

Ⅲ

こわい夢　詩誌「木立ち」春　一〇九号　二〇一一年五月二十日
迎えの月　詩誌「木立ち」春　一一二号　二〇一二年五月二十日
長い刻《とき》　詩誌「木立ち」冬　一一一号　二〇一一年十二月二十五日
貝を拾って　詩誌「木立ち」秋　一一〇号　二〇一一年十月二十日
花　雨《フラワーシャワー》　詩誌「木立ち」秋　一一三号　二〇一二年九月二十五日

Ⅳ

家の記憶　詩誌「木立ち」冬　一一四号　二〇一二年十二月二十五日
かやぶき家の記憶　詩誌「木立ち」春　一一八号　二〇一四年五月十日
追想　詩誌「木立ち」夏　一一六号　二〇一二年九月五日
K町の思い出　詩誌「木立ち」冬　一一七号　二〇一三年十二月二十七日

やまうち　かずじ（本名　山内一二）
一九五二年、福井市毛矢町生まれ。福井大学工学部卒。
本書は第一詩集。
詩誌「木立ち」、詩塾「山吹文庫」同人、「福井県詩人懇話会」会員
現住所　〒九一〇‐〇〇六七　福井県福井市新田塚二丁目十六‐五

わ音《おん》の風景《ふうけい》

著者
やまうちかずじ
発行者
小田久郎
発行所
株式会社思潮社
〒一六二―〇八四二 東京都新宿区市谷砂土原町三―十五
電話〇三（三二六七）八一五三（営業）・八一四一（編集）
FAX〇三（三二六七）八一四二
印刷
三報社印刷株式会社
製本
小高製本工業株式会社
発行日
二〇一四年八月三十一日